INVENTAIRE

e 16,042

LE

SERMENT

DE L'ÉPOUSE.

LE SERMENT

DE L'ÉPOUSE.

MARSEILLE,

TYPOGRAPHIE DE FEISSAT AINÉ,

RUE DE LA CANEBIÈRE, N° 19.

LE SERMENT DE L'ÉPOUSE,

POÈME,

PAR

Polydore Bounin.

PARIS,

DENAIN, rue Vivienne, n° 16,
DELAFOREST, rue des Filles-St.-Thomas, n° 7;
ET LES MARCHANDS DE NOUVEAUTÉS.

MDCCCXXIX.

PRÉLUDE.

C'est un sceptre aussi que la lyre!

VICTOR HUGO.

PRÉLUDE.

Et l'on m'a dit : jamais tu ne seras poète;

Ton aile tend au ciel et le ciel te rejette.

Non, tu n'as point reçu cet immense regard

Qui saisit l'univers et qui même devine

Ce qu'à nos yeux mortels la majesté divine

Enveloppe à jamais, invincible rempart!

Ton ame en ses transports est faible et réservée;

Et jamais ne pourront, de ta lyre énervée,

Jaillir précipités d'énergiques accens :

Tu diras, dans tes vers que la mollesse ordonne,

Ou les fades baisers qu'une femme abandonne,

Ou les pâles plaisirs qui vieillissent les sens;

De futiles pensers ta muse dominée

Peut-être amènera la rime efféminée

A peindre un rossignol qui travaille sa voix,

Ou d'un calme ruisseau l'insipide murmure,

Ou les tant vieilles fleurs de la vieille nature,

Ou la vague, ou l'azur, ou la lune, ou les bois;

Mais jamais de ces vers grondant comme la foudre,

Ou les feux de la guerre au milieu de la poudre,

Ou le vent qui soulève et rompt d'énormes flots ;

Non jamais de ces vers fondus en mots de flamme,

Et qui, d'un trait puissant se soumettant une ame,

Jusques au fond du cœur vont chercher les sanglots !...

Suis donc l'humain troupeau, retombe dans la foule ;

Coule paisiblement avec le tems qui coule,

Te levant le matin, pour reposer le soir

Ta chair que ton esprit si sottement méprise :

Va, lorsque le génie use un corps qu'il maîtrise,

Dans l'immortalité c'est qu'il marche s'asseoir !....

— Moi, replier mon aile et retomber dans l'ombre ?

Moi, de ces lourds mortels suivre l'ignoble nombre ?

Moi, tenir mon regard à la terre attaché ?....

Non, le corps doit mourir quand l'ame ne peut vivre ;

Et qu'à l'instant du mien le trépas me délivre,

Si je dois ici-bas rester vil et caché !....

— Otez donc de mes yeux ce vulgaire imbécile

Dont le corps mène l'ame enchaînée et docile,

Et qui n'est sur ce sol qu'un mobile fardeau,

Jusqu'à ce que venue une masse prochaine

Le pousse dans la mort, comme aux branches du chêne

Le feuillage d'un an cède au bourgeon nouveau !...

Laissez-moi parcourir ce monde imaginaire

Où l'ame librement vit et se régénère,

Où l'on n'est point troublé des choses d'ici-bas :

Et vous qui prétendez que mon aile se traîne,

Voyez-la, déployant sa force souveraine,

De l'aquilon lui-même affronter les combats !

Ni ténèbres, ni flots, rien jamais ne l'arrête :

Je plonge aux profondeurs qu'ignore la tempête

Et que n'osent tenter les grands monstres des mers,

Jusqu'à ce que mon œil, ne rencontrant plus d'ondes,

Ait enfin découvert sous ces ombres profondes

La main calme de Dieu qui soutient l'univers.

Le gouffre sous mes pieds, la foudre sur ma tête,

J'accompagne en son vol la sonore tempête,

Écoutant le long cri du marin qui se perd ;

Et quand surgit la guerre entre humains allumée,

De la poudre aspirant l'enivrante fumée,

Moi-même de poussière et de sueur couvert,

Je vois les bruns soldats sous le canon qui tonne

Tomber, comme j'ai vu quelquefois en automne

Les feuillages flétris pleuvoir du front des bois,

Lorsqu'un bras appuyé sur le duvet des mousses,

Du vent dans les rameaux écoutant les secousses,

Nonchalant je rêvais à mes jours d'autrefois.

Je vois le sang noircir les sables de la plaine,

Je vois sur les mourans les coursiers hors d'haleine

De leurs pieds meurtriers ensanglanter le fer ;

Alors, d'horreur glacé, m'adressant à ma muse,

Regarde : c'est un roi, lui dis-je, qui s'amuse !

Et soudain notre vol s'enfonce dans l'Enfer.

— L'Enfer?...qu'il est terrible!...Oh! si, dans ses abîmes,

Emportés comme moi par des routes sublimes,

Vous aviez pu planer sur son rouge océan,

Voir les damnés roulés dans ses vagues de flamme,

Et les hideux démons s'acharnant sur chaque ame,

Et, sur son trône noir, debout l'affreux Satan;

Si vous aviez compté les douleurs, les supplices

Dont, là-bas, on punit les terrestres délices,

Si vous aviez oui le bruit continuel

Des coups, des cris, des pleurs, des plaintes, des blasphèmes,

Comme moi consternés, vous diriez en vous-mêmes

Que Dieu, s'il n'est bien juste, est un Dieu bien cruel!

— Mais vers les Cieux souvent mon aile est attirée;

Son battement pressé frémit dans l'empirée,

Et j'arrive léger au splendide séjour, .

A travers les soleils et les étoiles blanches,

Comme, dans les forêts, glisse parmi les branches

L'oiseau qui vole au nid où l'appelle l'amour:

Là, je plane au-dessus des célestes phalanges,

Effleurant de mes pieds le front rose des anges,

Et jusqu'à Jéhovah s'élance mon essor:

Mais dans l'immense Ciel je ne vois que ma mère;

Et de mes yeux, hélas! tombe une larme amère,

Quand il faut la quitter et venir vivre encor!

MAI.

LE SERMENT

DE L'ÉPOUSE.

I

È èle sun cors li otria.

Et elle se donna à lui.

MARIE DE FRANCE.

LA ROSE.

———◦———

« Aɪɴsɪ, le sein paré des roses nuptiales,

« Avec ce front naïf que de jeunes rivales

« De festons enviés viennent de couronner,

2.

« Avec ton doux souris, les graces virginales,

« A moi, blanche beauté, tu veux donc te donner?

« Une aimable rougeur sur ton visage éclate,

« Sous des cils moins jaloux ton œil brille et me flatte,

« Et ton sein doucement se soulève agité;

« Et déjà vers le seuil ton pied léger se hâte :

« Tu veux donc être à moi, douce et blanche beauté?

« Déjà des instrumens, dans les cours, l'harmonie

« Bruyante, vers le temple à marcher nous convie,

« Et se mêle aux transports du cortége joyeux;

« Et ta mère t'attend, triomphante, ravie,

« Car mon amour pour toi rend son cœur glorieux.

« Dis, il est beau ce jour!... Oh! comme avec ivresse,

« Étreignant dans ma main la tienne qui s'y laisse,

« Te soutenant tremblante aux marches de l'autel,

« J'ouïrai de ton sein, qu'un léger trouble oppresse,

« S'échapper le serment d'un amour immortel!....

« Mais vois-tu ce poignard?.... vois-tu comme acérée,

« La pointe en est luisante et de sang altérée?....

« Sous ce fer vierge encor nul flanc n'a palpité :

« Eh bien! c'est là d'abord que me sera jurée

« Ta promesse d'amour et de fidélité!

« Je n'ai pas toutefois résolu de contraindre

« Ton cœur à ce serment, si ton cœur doit le craindre;

« Le nœud qui nous unit peut encor se briser :

« Refuse, et les flambeaux à l'instant vont s'éteindre,

« Et ta mère, ce soir, va seule te baiser.

« Avant de rien jurer, réfléchis; envisage

« Et ce poignard qui brille et l'austère visage

« D'un époux par la guerre et ses feux approché :

« Sur mon front, je le sais, habite un air sauvage,

« Mais sous ce rude aspect un cœur noble est caché.

« Je n'ai pas de ces yeux dont le regard console,

« Ni de ces cheveux blonds qui flottent sur l'épaule,

« Ni d'un adolescent l'éloquente pâleur;

« Mais ce n'est pas toujours aux bleus rameaux du saule

« Que la souple liane unit sa molle fleur.

« Peut-être ton regard s'est-il laissé séduire

« A l'éclat que ma gloire à tes yeux fait reluire?

« Ma fortune peut-être encourage ta main?...

« Garde alors aux autels de te laisser conduire,

« Car je veux pour moi seul que palpite ton sein !

« Le serment que j'exige est sans doute bizarre;

« Tu ne dois même plus voir en moi qu'un barbare,

« Douce et blanche beauté qui te donnais à moi :

« Mais si tu ne crains pas qu'un jour ton cœur s'égare,

« Quel danger que ce fer me réponde de toi?...

« Et puis, si tu savais de quelle frénésie

« Tout entière mon ame à ta vue est saisie,

« Si tu voyais mon cœur dévoré nuit et jour,

« Tu me pardonnerais toute ma jalousie,

« Et tu braverais tout pour payer tant d'amour!...

« —Tu jures!... laisse-moi te baiser sur la bouche!...

« Ces roses, à mes yeux, de ton cœur qui les touche

« Offrent un pur emblème en leur blanche couleur :

« J'en garde une.... et jamais si tu trompais ma couche,

« Au bout de mon poignard je te rendrais ta fleur ! »

AVRIL.

II

Caché près de ces lieux, je vous verrai, Madame.

RACINE

LES BAISERS.

Encore le printems ; et la nature aimante,

Comme un fécond baiser, dans son sein qui fermente

Hume ses feux reçus avec avidité ;

Sous un souffle d'amour tout se cherche et s'agite :

La fleur s'ouvre à la fleur ; de la beauté plus vite

Le cœur surpris a palpité.

—Il est nuit : l'air est doux, si doux qu'on le respire

Comme ce souffle pur que puise avec délire

Aux lèvres d'une vierge un époux bien-aimé,

Quand des bras maternels il la prend languissante,

Et qu'il la sent brûler, troublée et rougissante,

    Au feu de son sein enflammé.

Est-ce du vent du soir l'haleine molle et douce

Qui sur les troncs vieillis fait trembloter la mousse

Et glisse ainsi dans l'air éveillé par son vol ?

Est-ce l'eau qui résonne? est-ce un bruit du feuillage?

Ou, dans les peupliers qui bordent le rivage ,

    La voix triste du rossignol ?...

Ce n'est pas le zéphire, il dort dans quelque rose ;

Ce n'est pas le feuillage, aux rameaux il repose ;

Ce n'est pas sous les fleurs un ruisseau murmurant ;

Ni, par momens jetée, une note plaintive

Que dans les peupliers , long rideau de la rive,

    Le rossignol va soupirant.

Non, jamais, jamais rien n'exhale en la nature

Un soupir si touchant, un si tendre murmure :

D'où vient-il ? je ne sais : dans l'ombre, seulement,

Contre un arbre, où son bras soutient son front qui penche,

Une femme est debout, seule, immobile et blanche

Comme l'urne d'un monument.

En vain l'air est suave, et dans la nuit sereine

La lune a répandu sa grace souveraine;

Ce n'est point son reflet, ni le calme profond,

Ni le parfum des airs que dans la solitude

Vient chercher cette belle : une autre inquiétude

Incline et fait rêver son front.

Tout à coup, derrière elle, aux branches écartées

Frémissent doucement les feuilles agitées,

Et son oreille entend comme un souffle de voix.....

Oh ! c'est lui, c'est bien lui qui l'appelle !... Elle hésite,

Elle tremble, rougit.... mais lui se précipite....

Unis pour la première fois !....

Unis, serrés, brûlans : sur leurs bouches étreintes

Le doux bruit des baisers couvre leurs voix éteintes,

Et leurs yeux sont noyés, et leurs seins haletans :

Ah ! sans doute, bientôt, du feu qui les embrase

Ils mourraient consumés, si cette ardente extase,

Hélas ! pouvait durer long-tems.

Que leur font maintenant les plaisirs de la foule,

Et ce monde qui change, et le tems qui s'écoule ?

L'univers est pour eux comme s'il n'etait pas :

Songent-ils si l'amour en d'autres cœurs fermente,

Si d'un être offensé que la rage tourmente

L'œil sinistre a suivi leurs pas ?

Croyez-vous qu'enivrés de tant de jouissance,

Leurs ames du remords subissent la puissance?

Que la honte poignante ait flétri leur bonheur ?

Il n'aurait pas connu ces momens et leurs charmes

Celui qui penserait que de telles alarmes

Pussent alors toucher leur cœur.

Mais comme leurs baisers, hélas! les heures passent;

Dans les cieux argentés les étoiles s'effacent,

Et déjà sur les eaux a blanchi le matin :

Les instans du plaisir ainsi coulent rapides;

Et sur nous du malheur les jours longs et livides

Quand ils pèsent, pèsent sans fin!

3.

« —Quoi! nous quitter? Non, non, ce n'est point là l'aurore ;

« Une si douce nuit ne peut finir encore ;

« Laisse, laisse en mon sein ta tête reposer !

« D'où te naît tant de crainte, ô ravissante amie ?

« Va, le jour est bien loin de la terre endormie :

« Rends-moi tes lèvres à baiser ! »

« —Hélas ! cette clarté, c'est bien l'aube venue !

« Trop long-tems sur ton cœur j'ai joui retenue,

« Doux ami !... laisse enfin nos bras se détacher ;

« Songe que le jour va tout entier apparaître,

« Que l'ombre m'abandonne...Ah ! vainement peut-être

« Ai-je espéré de me cacher ! »

Et ses pleurs sont mêlés à ce tendre reproche.

Mais Lui retient sa main, de son cœur la rapproche,

Puis : « — Jure, jure-moi du moins de revenir ;

« Pense qu'à mon bonheur je ne veux pas survivre,

« Si de ces voluptés dont je me sens tout ivre

« Tu dois priver mon avenir ! »

« — Tendre ami, de tes sens quel délire s'empare ?

« Hé quoi ! vouloir mourir si le sort nous sépare !

« Pour vivre n'as-tu pas assez de mon amour ?...

« Que l'espoir du bonheur comme moi te soutienne :

« Le ciel peut séparer et ma vie et la tienne,

« Et puis nous réunir un jour.

« Mais il faut nous quitter, si nous voulons encore

« Nous revoir et jouir... Vois la perfide aurore

« Sans cesse autour de nous agrandir ses rayons !....

« Ciel ! entends-tu ?... des pas résonnent sous la rive !...

« On vient!... O mon ami! vite, avant qu'on arrive,

« Fuyons, si tu m'aimes, fuyons! »

—Voyez-vous cette rose, au pied d'un jeune saule,

A ses rameaux pendans marier sa corolle,

Et, riante, se peindre en de calmes ruisseaux?.....

Mais d'un morne cyprès l'immobile feuillage,

Sur le saule et la rose allongeant son ombrage,

Au loin noircit les mêmes eaux!

AVRIL.

III

. . . . . upon the earth beneath ,
There is no spot where thou and I
Together , for an hour , could breathe.

Sur la terre il n'est point de lieu où toi et moi
nous puissions respirer une heure le même air.

BYRON.

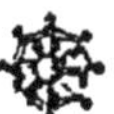

LE POIGNARD.

« **R**EPRENDS, reprends ta fleur; te la voilà rendue!...

« Toi, rends-moi, si tu peux, ta foi que j'ai perdue :

« Mais ce poignard luisant, dis, le reconnais-tu?....

« Peut-être, douce enfant dont le cœur pur m'adore,

« Sur ce fer est-tu prête à me jurer encore

« Tendresse, amour, fidélité, vertu?

« Peut-être ai-je rêvé quand, désertant ma couche,

« Emportant tes baisers refusés à ma bouche,

« Furtive, tu sortais, fesant taire tes pas ?

« J'ai rêvé lorsqu'enfin découvrant votre asile,

« Autour de toi j'ai vu s'enlacer ton reptile,

« Et toi-même ardemment le serrer dans tes bras ?.....

« Ah ! si vous n'aviez fui, sois sûre que mon rêve,

« Ce rêve sombre, affreux, que maintenant j'achève,

« Aurait pesé sur vous dans sa réalité ;

« Et même en ce moment si cette lame avide,

« De ton sang criminel ne fume pas humide,

« Si mon bras furieux te menace arrêté,

« C'est que ma haine exige, afin d'être assouvie,

« Que ce soit toi, mais toi qui me livres la vie

« De ton lâche complice à mes mains échappé :

« Quel plaisir de pouvoir par toi le reconnaître,

« Pourque, sous ma fureur quand tombera le traître,

« Il te doive le coup dont je l'aurai frappé!...

« —Hé bien! réponds-moi donc!... il me faut ma victime,

« Il me la faut, te dis-je, ou bien pour toi l'abîme!.....

« L'abîme! tu l'entends?.... Parle, quel est son nom?

« Quels signes sur ses traits dénonceront l'infâme?...

« Parle, ou bien dans l'enfer dont le feu te réclame

« Descends avant que Dieu t'ait donné son pardon! »

— Ainsi, dans l'escalier, tout haletant de rage,

Harold à la coupable arrêtée au passage,

Sous la lampe de fer qu'une chaîne suspend,

Parlait : — Ses yeux, ardens sous leur paupière sombre,

Semblent des yeux de lynx qui dévorent dans l'ombre

Une proie entrevue et que la griffe attend.

A son front qui dégoutte et réfléchit la lampe,

Un sang bleu se refoule et fait battre sa tempe ;

On voit frémir sa lèvre, et sa main tient en l'air

Le poignard du serment qui luit à la parjure,

Comme, avant d'envoyer ses coups et son murmure,

La foudre dans les cieux menace avec l'éclair.

— Cette belle coupable, il faudrait l'avoir vue

D'excuse, de secours, de force dépourvue,

Ne pouvant s'animer sous le poids du remord

De ce courage fier que donne l'innocence,

Et, d'amour ivre encore, arrivant en présence

Du terrible moment où se montre la mort !

Hier, ses yeux brillans et levant la paupière ,

Semblaient, pour l'embellir, réfléchir la lumière ;

Maintenant, comprimés dans un cercle jauni ,

Ils ne soutiennent plus leur paupière livide ;

Ils sont fixes, glacés, et leur prunelle aride,

Sans larmes ni regards, semble un verre terni.

Sa voix en son gosier n'est plus qu'un faible râle ,

Et, dans ces sons brisés que sa poitrine exhale,

Son cœur semble vouloir s'arracher de son corps.

Tombée aux pieds d'Harold, froide, presque insensible,

A presser les genoux de son juge inflexible

Ses beaux et tendres bras perdent tous leurs efforts.

« —Ton pardon ?...Non, jamais !...non, il faut que tu meures ;

« Mais livre-moi ce nom pour avoir quelques heures...

« Hâte donc, hâte-toi, je ne puis différer ;

« Je ne puis plus dompter l'horreur que tu m'inspires,

« Je me sens étouffer dans l'air que tu respires,

« Je sens mes doigts raidis prêts à te déchirer!... »

— La malheureuse, hélas! comme un marbre immobile,

A cessé de sentir, et la force inhabile

Ne saurait l'émouvoir. Mais Harold emporté : —

« Oh! constance d'enfer, bien digne d'une femme,

« Pour sauver un amant vouloir damner son ame!...

« Va donc, va-t-en jouir de ton éternité! »

Il dit, et dans ses doigts tordant sa chevelure,

Il brise ce beau corps d'une triple blessure,

Sur son rude genou le pliant renversé :

Telle sur un sillon meurt la fleur inclinée.

Et tout était fini quand de l'infortunée

Sa main souillant le front le repoussa glacé.

— Déjà, dans le château, sous les courbes ogives,

Roule un fracas de voix et de portes massives;

Et des pas vont bruyans dans les longs corridors.

C'est le réveil : chacun, saluant la journée,

Va reprendre gaîment sa charge ramenée... —

Morte, hélas! leur maîtresse à leurs yeux s'offre alors!...

Sa tête, l'œil éteint, pesait sur une dalle,

Et ses cheveux mêlés, jetés sur son front pâle,

Se collaient à son sein que le fer a meurtri.

Son corps foulait son bras; puis encore, auprès d'elle,

Dans le sang tiède et noir dont le pavé ruisselle,

Une rose baignait son calice flétri.

4.

A la hâte on remit le cadavre à la terre,

Et le manoir d'Harold fut laissé solitaire.

Disparu de ces murs qu'a marqués son forfait,

Qu'alla-t-il devenir ?... Sur son sort mille histoires

Habitent du canton les crédules mémoires,

Mais voici le plus sûr des récits que l'on fait :

Un pélerin, un soir, après bien des années,

Franchit du noir château les portes condamnées

Et se laissa tomber sur le marbre souillé.

Là, sa bouche pria, collée à la poussière,

Et n'avait pas encore achevé sa prière

Quand l'aube le trouva mourant agenouillé.

Mais le jour où d'Harold fut consommé le crime,

N'avait pas vu frapper une seule victime ;

Un bel adolescent reçut aussi la mort ;

Et l'on dit que, couverts de la même pelouse,

Et le coupable enfant et l'infidèle épouse,

Comme ils l'avaient voulu virent joindre leur sort.

MAI.

VOEU.

O Dieu! si tu m'avais donné une femme selon
mes désirs !
CHATEAUBRIAND.

VŒU.

Versez le vin, buvez dans le cristal qui brille ;
Couronnez en chantant vos fronts insoucieux ;
Puis, sémillans danseurs, figurant en quadrille,
Formez aux sons du luth, formez des pas joyeux !

Ou bien, courez saisir ce qu'on nomme la gloire;

Parez du diadème un front taché de sang;

Soyez maîtres et fiers... puis allez dans l'histoire,

Parmi les rois bourreaux descendre à votre rang!

Ou, de toute votre ame adorant la richesse,

Prosternés devant l'or et la nuit et le jour,

Amassez, entassez, pour qu'enfin la vieillesse

Du plaisir différé vous frustre sans retour;

Ou bien encore, usant vos plus fraîches années

Sur le sein mis à prix de profanes beautés,

Que vos fronts de vingt ans, sous leurs graces fanées,

Dénoncent le vieillard flétri de voluptés!...

—Assouvissez vos goûts!... Moi je veux une femme

Innocente, à moi seul, dont l'œil brille et soit noir;

Qui, versant à mon cœur le nectar qu'il réclame,

Me console du jour par les baisers du soir !

10 JUIN.

TABLE.

TABLE.

www.ingramcontent.com/pod-product-compliance
Ingram Content Group UK Ltd.
Pitfield, Milton Keynes, MK11 3LW, UK
UKHW020027080726
13614UKWH00004B/1596